기획의 말

그리운 마음일 때 'I Miss You'라고 하는 것은 '내게서 당신이 빠져 있기(miss) 때문에 나는 충분한 존재가 될 수 없다'는 뜻이라는 게 소설가 쓰시마 유코의 아름다운 해석이다. 현재의 세계에는 틀림없이 결여가 있어서 우리는 언제나 무언가를 그리워한다. 한때 우리를 벅차게 했으나 이제는 읽을 수 없게 된 옛날의 시집을 되살리는 작업 또한 그 그리움의 일이다. 어떤 시집이 빠져 있는 한, 우리의 시는 충분해질 수 없다.

더 나아가 옛 시집을 복간하는 일은 한국 시문학사의 역동성이 드러나는 장을 여는 일이 될 수도 있다. 하나의 새로운 예술작품이 창조될 때 일어나는 일은 과거에 있었던 모든 예술작품에도 동시에 일어난다는 것이 시인 엘리엇의 오래된 말이다. 과거가 이룩해놓은 질서는 현재의 성취에 영향받아 다시 배치된다는 것이다. 우리는 현재의 빛에 의지해 어떤 과거를 선택할 것인가. 그렇게 시사(詩史)는 되돌아보며 전진한다.

이 일들을 문학동네는 이미 한 적이 있다. 1996년 11월 황동규, 마종기, 강은교의 청년기 시집들을 복간하며 '포에지 2000' 시리즈가 시작됐다. "생이 덧없고 힘겨울 때 이따금 가슴으로 암송했던 시들, 이미 절판되어 오래된 명성으로만 만날 수 있었던 시들, 동시대를 대표하는 시인들의 젊은 날의 아름다운 연가(戀歌)가 여기 되살아납니다." 당시로서는 드물고 귀했던 그 일을 우리는 이제 다시 시작해보려 한다.

기획의 말

그리운 마음일 때 'I Miss You'라고 하는 것은 '내게서 당신이 빠져 있기(miss) 때문에 나는 충분한 존재가 될 수 없다'는 뜻이라는 게 소설가 쓰시마 유코의 아름다운 해석이다. 현재의 세계에는 틀림없이 결여가 있어서 우리는 언제나 무언가를 그리워한다. 한때 우리를 벅차게 했으나 이제는 읽을 수 없게 된 옛날의 시집을 되살리는 작업 또한 그 그리움의 일이다. 어떤 시집이 빠져 있는 한, 우리의 시는 충분해질 수 없다.

더 나아가 옛 시집을 복간하는 일은 한국 시문학사의 역동성이 드러나는 장을 여는 일이 될 수도 있다. 하나의 새로운 예술작품이 창조될 때 일어나는 일은 과거에 있었던 모든 예술작품에도 동시에 일어난다는 것이 시인 엘리엇의 오래된 말이다. 과거가 이룩해놓은 질서는 현재의 성취에 영향받아 다시 배치된다는 것이다. 우리는 현재의 빛에 의지해 어떤 과거를 선택할 것인가. 그렇게 시사(詩史)는 되돌아보며 전진한다.

이 일들을 문학동네는 이미 한 적이 있다. 1996년 11월 황동규, 마종기, 강은교의 청년기 시집들을 복간하며 '포에지 2000' 시리즈가 시작됐다. "책이 없었고 힘겨울 때 이따금 가슴으로 암송했던 시들, 이미 절판되어 오래된 명성으로만 만날 수 있었던 시들, 동시대를 대표하는 시인들의 젊은 날의 아름다운 연가(戀歌)가 여기 되살아납니다." 당시로서는 드물고 귀했던 그 일을 우리는 이제 다시 시작해보려 한다.

추억처럼 나의 자유는

문학동네포에지 053

허영선 시집

추억처럼
나의
자유는

시인의 말

부끄러움과 어둠의 밀도, 잠과 꿈, 나를 오랫동안 묶어 두었던 모든 말에 대해 확연해지는 이 미안함, 나는 이것들로부터 우선 탈출하고 싶다.

그간 들여다보던 사물들, 상황, 나 자신을 포함한 온갖 것들에 자유를 주겠다. 사막을 순례하는 낙타의 움푹 파인 혹처럼 허망함과 고통스러움의 깊이가 얼마나 나를 그러잡고 있는지 알지 못한다.

'굳어버림'처럼 고통스러운 일은 없겠기에, 나를 에워싸는 말들이 나를 배반하고 또 황량함을 줄지라도 이제 모든 것을 조용히 하나씩 버리고 싶다.

적어도 나는 그들이 내 풀리지 않는 열망의 지평에 '자유로움'을 채워주며 나를 버리지 않을 것임을 믿으므로.

어둠과 빛, 시를 쓴다는 일은 모색과 실험을 통해 나를 확인하는 일인 것 같다. 뮤즈에게 감사를.

1983년 12월
허영선

개정판 시인의 말

그래, 스무 살 무렵의 너는 여기 이렇게 무엇과 싸우고 있었나.
흔들리고, 출렁이고, 부서지는 꿈속에서.
아득히 먼 저편에 풀색으로 너는 펄럭이고 있었다.
사라진 줄 알았던 먼 날의 너여,
가만히, 오래, 서성이다가 너를 열었다.

문득 고개 들고 보니 파도를 벗어나고 싶어하던 너는 끝내 그 속에 있다.
칸나가 붉은 바다로 가고 있다.
지금 사라진 자들의 그날들을 찾는 나는 어쩌면 그 무렵 이미
모호하지만 그 소리들을 듣고 있었던 것은 아니었을까.
그래, 삶은 모를 일. 다시는 그 씨도 없을 것 같던 아득한 날이
이렇게 다시 피어날 줄은 몰랐으니.
그 시절 그대로의 너를 그대로 들여다보기로 했다.
출구 없던 그 시절의 물음을.
어디로 갔을까. 추억처럼 나의 자유는

2022년 9월
허영선

차례

인동 일기
—서시

강이 얼었다, 종이비행기
맨발인 채
강을 건넌다

눈만 멎으면
바람 소리 풀 스치는 소리
섞이지 않는다
한사코 잠기지 않는다

발목끼리 발목 묶고
건너는 어둠은
깨어지는 법 없다

묶어둘 수 있을까
소리들과
빈 강물과
나는 종이비행기

고니 가까이서

풀쩍 건널 순 없다 빗발의 저편
그 너머 잡초 쓰러지면서
우리 만나는 법은 더 견고해졌지, 무방비인 채
걸려 넘어지면서
지붕에도 귀가 있어 닫히지 않았으나
수화기는 아직도 접촉 불량을 수리중, 통화중
통화중이에요
매일 달려드는 구면의 기록들은 누더기처럼
썩 친해졌지만 더 친해질 순 없다

분명치 않은 시간은 흐르는 눈물
닦지 못하고 더이상
시력을 되찾을 방도를 나는 모른다
쓸어버릴 수 있는 것과 씻어낼 수 없는 것이
도무지 불분명한 세상
의젓하고 엄숙한 마왕의 포즈로 너의 넋은
그렇게 서 있지만 비는 내리고,
더러는 눈물 한 방울로도
숲을 적시고 적실 수 없는 모든 가지에 대롱대롱
매달린 말들도 적셔내릴 수 있건만

피곤기 역력한 나의 마왕은 행여
아직 살아 있는가 아직 깨어 엿들을 수 있는가
저 왕성한 빗줄기 사이로

푸드득 빛의 문을 밀어내며 두근거리며
흔들리던 고니의 눈물,
한 방울,
떨어지는 소리
귀를 단 지붕은 빗소리만 무성하고 아직도
수화기는 통화되지 않는다

연기제

지붕 위로 반짝이는 그물은
서로 곪아가며 가는 길에다 덫을 놓고
한번 재가 되어 자유로워진
사랑은 덫에 걸려 무너지는 법 없다
한 바퀴 돌고 나서 다시 돌아와 확인하는
갑각류 같은 사랑과
문득 확실해지는 우리의 시대는
주석 병정놀이 또는
한낱 우화일 따름

연기 피어오르는 뒤에서 누가
슬겅슬겅 줄칼을 갈고 덫을 끊지만 결국
깨어진 화해를 짜맞추진 못하고 말지요
고작해야
눅눅한 바위나 간혹
마른 바닥을 옆으로 비껴가는 은갈색 게의
어금니의 위용이지만
잡히면 징징 발목 꺾으며 달아나는
구식 영웅주의

재와 연기와 그런 우리의 사랑은 결코
덫에 걸리지 않는다
눈물이나 비가 젖지 않듯이

겨울비 오는 날의 서정

통로도 없는 곳으로부터
직선보다 더 냉정한 한줄기 겨울이
내리꽂힌다 갇힌 곳에서 더욱
푸르러지는
아직 빛은 한 정지된 지점에서
난시 현상을 일으키며 간격을 두고 서 있다

가장 독한 술로 몸을 덥히고
가장 흐린 모래의 그늘 뒤에 서서
섬을 따로 떼어놓고 보자
누군가
한낱 우화일 따름인 세상을 굽어보고 있다
떠돌다 떠돌다 돌아와
우리의 바다 위로 또다시 비가 될 때

바람의 일기

다시
그대를 적시고 싶다 말을
건네고 싶다 그 사월은
내내 허황히 눈이 오고 우리는
사각(死角)진 거리에 서서 바라보고만 있었다

말하자면, 그건 현실과 몽상의 중간쯤이었을
저만큼 사람들은 길을 차단하고
꽁꽁 언
칸막이를 끼리끼리 세우고
절망 반 희망 반의 순례의
일기를 쓰고 있었다, 그날

그대의 푸른 혈관 위를 휑휑거리는
백치 같은 날들의 예고 지표도 보았었지
웅얼웅얼 등뼈 굽은 희망과 믿음은
다가오는 듯하다가 가버렸고
점점 좁아지던 창의 전망은 덜컹 닫혀버리고
비틀거리며
우리는 황망한 바다로 쫓겨나고 말았다

지금은 오직
젖은 것들이 젖는 자들의 형상을 알아보고
서로 부둥켜안고 얼굴 비비며

등나무 사이로 사랑하는
지붕을 올려보며
그리운 것들은 그리워하며
죽어가고 있다

분지의 꿈

1

몇년몇월며칠도없던적의화석인이내버린
각목한개훠이훠이세상의끝끝떠돌다가
박쥐의생애처럼어둠처럼숯처럼돌아왔다한
때는질서를잡던법률이었던의장이.무심코
둘러본세상은지동설이래결코미끄러지지않으나
미끄러지는법만은용케터득한사람들의
차지였었다차라리알코올속에절여진눈뜬곤충이
죽었으면서도산말씀을하더군부숴,부숴버려
온갖것각목하나로둥글고번쩍이는지구의를
바삭부숴평평히다스리고단물로꾀고꾀이어
익사한예쁜곤충들을위해선누구든
꿀통도부숴저문도부숴갇힌말씀들의숨통도
열어주고저밤하늘의별빛들도들여와야지

2

습지의 바람은 하루살이떼처럼
몇 번이고 조율을 깨며
자기의 바다를 들어올리고, 노을은 황황히
수백만 보의 깊이를 파다가 문득
제 넓이를 확인하고 있었다

아느냐 상처 입은 까마귀처럼
나는 내 물집이나 겹겹이 박힌 내 티눈의

깊이를 아느냐, 바람아 너는

가장 큰 너그러움의 은유로 금빛 비로
문고리를 흔들고
흐느끼며 쏟아지며
시간의 형틀을 허물어다오

그날 이후

1

어디쯤일까 어디쯤일까 어둠 속으로
내리던 빛을 좇아 황급히
금빛 연 올리던 아이들은 소스라치며
미끄러져 안전치 못했다 분지 속의 안녕인들
안녕할까 그날 이후
거북등보다 당당하여 어둠은
가장 확실한 법칙이었다 우리는 지금
어디쯤 건너고 있을까

2

뭘 볼 수 있을까 빛이 스러진 이후
풀죽은 우리의 여행은 젖어서
윤기도 없이 강을 건너고 갈수록 깊어가는
수심만큼 어둠도 깊어간다 강물은
살아 있는 만큼 삐거덕거리고
삐거덕거림은 살아서 유일한
징표로서 살아 있다

3

강 건너 개 짖는 소리에도 가슴 졸이며
문득문득 멈춰 서서
스물네 번이나 울고 섰었지
바퀴들에 자꾸만 걸려 넘어지는 여행은

자국이나 남길까 아직도 용케
어둡고 짠 강을 부수며
깊이와 평방으로도 모든 말씀을
삼켜버린 강을

4
돌아서, 한 바퀴 돌아서 왔을 때쯤 비로소
떠난 자리로 돌아왔음을 눈치채겠지
사월에나 씨를 맺는 뿌리를 다듬던 우리의
성년은 갑자기
허망의 중간에서 닻을 내리고
풀처럼 쓰러져 영 불편한
안식을 청한다

5
부어요. 가득
취기가 두루두루 우리의 혀를
말들을 재촉하지 않을까
그물의 눈 사이사이를 재빨리도 밟는
광대 춤처럼 뼈 없는 말들은
펄럭일까 아아, 금빛 연 올리던 아이들은
아직 무사할까 뿌리내렸을까

6

뼈 없는 말들은 안장도 없이
어둠을 건넌다 덜거덕덜거덕
종기의 고름이나
죽어가는 이의 반점이 차라리 아름다워라
어디쯤일까 우리의 말들은
어디쯤서 빛나는 자존심을 가로채였나
건너버려야지 서둘러
사철 바람이 헐떡이다 엎드려
흐르는 이 강을
바람처럼

7

어둠 속에선 수화가 통할 리 없건만 그래서
수화야말로 유일한 통화 수단이 된다
티눈 생긴 발바닥으로 우리 시대의 벙어리들
건너며 시늉하며 서두르며
그해의 가장 깊숙한 어둠 속을
두드리며 일으키며 팔랑이며
가긴 가건만

8

팔랑이는 등불 하나로도
새벽을 부를 수 있을까 새벽은

바퀴의 빗살처럼
탄력 공처럼
일어날까

9
흙상의 까마귀는 저렇게도 쉽게 건너
찬 물줄기 뿜어 놀래키곤 휙 달아나버린다

회복기의 빛

30와트의 촉광 속으로
길이
닳아지고 있음을 본다.
빛이 빛의 촉수들을 모으고
길은 허공에 매달려 있다

빛으로 내리는 비
빗방울로 쏟아지는 빛
별수 없구나
닳아지는 비와 빛과 그 길
그들은
제 부재를 적시는 게 뭔지 모른다
눈먼 인식의 속을 흐르는 것
흐르며 가라앉지 않는 앙금 같은 것

조금씩, 빛은
홀로 상승하는 담을 쌓고
그 위로
사선을 긋고 있고
미루나무는 그때마다 조금씩 되살아나
흔들리고
흔들리는 세간의 말들이 떼 지어 달리며
진짜 말발굽 소리를 낸다

무엇인가
지층이 두 치만한 깊이로
부서지는 듯
부서지지 않는 것들

빗줄기 사이서 잃어버린 부호

줄렁줄렁 흐르고 있다
엎드려 흐르는 길 사이로
횡경막 하나로 웃는다 시월의 꽃게들
구상나무 가지 위 모난 바람 속에 몰려 앉아
저들끼리 세상사 지껄임도 지쳐
불구인 양
불행인 양
힘들게 쉬고 있다

절뚝거리는 관절로 빗줄기 사이로 돌아와
숨죽여 엎딘, 결과적으론
돌아서는 자의 덜 완전한 꿈을 위해
머리칼 한 오라기도 족쇄를 채워두자
말해도, 당신은 모른다
보행 금지 구역의 길이란 보행자에게는
길이 이미 길이 아님을

보기에도 노곤하구나, 무거운 눈까풀로
위태위태한 모래언덕 건너는 부호 하나
누구나, 녹아드는 안온함이거나 숨죽인 평화거나
저 녹아드는 것 뒤에 숨어 잠시
녹기를 거부해보지만, 아예 녹아들기로 하지

결리는군, 자꾸 결려

오래된 담증처럼 결려 절며 절며
빗방울의 부호, 숨는다 보이지 않는다
흐르고 있다 줄렁줄렁

동행인의 노래

한 어둠이 문간에 나와
안녕한 교신을 보내고 있다
분명한 길이
바람을 꾀어 길을 치고 있었다

빛은 왕왕 활등에 묶여
휘어지지 않고
질펀한 바람의 꿈들
뒤흔들며,
지붕을
죽어가는 길목을
불어 지나고

가물치 껍질의 습도만큼 축이며
기침하며 가는 길 위로
잠복해온 별들
스산한 울음과 수천수만 개의
붉은 꽃잎으로 지고

창가에 걸린
당신의 부조는 선잠 깨어나
도금한 금빛의 얼굴 하고
빛나는 어둠
밤의 비늘들을 떠메고 있었다

불의 우상

비례 아니면 반비례의 관계일 뿐인
그런 따윈 하찮은 일이다
밖을 쳐다보고 숨도 쉬는 문과 창
당신과 나의
굽은 등뼈의 등고선이 출렁임과
수상쩍은 전신의 발진이야말로 중요하다

숨어라 숨어
달려라 기쓰고 달아나거라 그러나
말의 자유는 마부의 손이 쥔 고삐가 주인
잡고 놓을 줄 모르는 유식한 문화인이다
또는
기찬 문명인

여기서 사람은 숫자와 도표일 뿐이므로
관리와 망보기는 혀 빼고 아이스크림 먹기지요
콘크리트 바닥의 설설 끓는 증기보다
더 뜨거운 정열도 선땀으로나 흐르고
돋우는 목청도 꺽꺽
기름 떨어진 심야버스 소리만 낸다

시대니 상황이니 다 별들은 굽어보지만
정작 역사란
상황실의 파도타기다

시정(市井)을 위한 사랑가

사랑은 납으로 씌워 간수하더라도
납의 무게는 싫어 싫어
관절이란 관절마다 삐걱거리며 온전한
뼈를 부르는, 죽었으면서
죽지 못하는 것들 웅웅거리는
게으른 노래들
목발에 꽁꽁 묶여 떠나는, 오오 사랑스러운
젊은 하느님

가령 그대와 나의 시계(視界)는 노예처럼
칸, 칸 안에 갇혀 있고 녹아서 흐르거나
비집어 들어앉는 잠의 사이사이로
날벌레들의 윙윙거림은 그래도 운율적이었지

노예의 잠으로 퍼져나가는 우리의 바다나
덧니의 뿌리보다 깊은 우리의 상실 위로
쿵쿵 파고들어오는 시간은 지층을 못 뚫고
긁힌 축음기판처럼 돌아가고

두들겨봐라 우리의 방은
몇 센티의 열쇠로 열릴 리 없지만
떨어진 말굽으로라도 떨걱거리며 나는
그대를 찾아 나서야 하지 않을까

실조증

소리가 들렸다
법칙의 덫에 걸린 풍(風) 하나 쩔렁쩔렁
시간을 가위질하며
비교적 정확한 목소리로

잠시는 무사하구나 정원의 사랑스러운 뼈들아
떨며, 암행을 위한 불빛 숨기고
낮게 속삭이고 있구나
—타고 나면 당신도 연기가 되는 걸 아시나요

삐쭉삐쭉 고개 틀고 무너지는 칸나
제 심장을 물고 입술 벌린 채,
솔직히 말씀드리자면 병명은 신경성 실조증이래요

거미, 집짓기지요

어둠이 기둥들을 세우고 있어요
사물의 허영은 튼튼한 밧줄을 걸고, 그 위로
빛은 내리고
허물어내는 빛이
모든 마모된 원리를 거둬가면 결국
모든 집은 지워지고 말겠거늘

모든 신(神)의 거처가 그랬듯이 화려한
기둥 쌓던 역사는 해골로 섰거나
나뒹굴 뿐
허우적거리며, 건너가는 우리의 애욕도
말라비틀어질 농사의 씨앗으로나 결국

화해하는 바다에 이르기 전
바람이 살 속의 꿈들을 흩어버린
그 공중의 뼈, 꿈의 흔적만 묻힌 채
흰빛으로 휘어져요
갈라진 송곳니와 왕성한 식욕이
추렴을 끝내면

각질의 표피까지 다 허물린 곤충의
헐거워진 뼈가 장한 업적으로 흔들릴 뿐
현대식으로, 엄숙한 방법론은 다
허구적인 토사물이거든요

환상놀음

소금 뿌려져 잘 마른 바람의,
잠긴 방들과 허물어지는 벽들의, 사이로
삯전 받고 우리의 아이들
술래잡기를 한다

등화관제 이후
꼭꼭 숨어, 불빛은 봉쇄됐거나 다 달아났지요
어슬렁거리는 술래와
슬금슬금 떠오르는 수상한 빛의 티끌들
은빛의 고름은 은박지처럼 밝아
깜빡거리며 휘휘 날아다니는
도깨비불의, 우리의, 시가지는 환시처럼
신화들처럼 걸려 넘어지고

탐조등 불빛은 잠긴 방들의 안녕도 놔두지 않아
해저를 기는 게 한 마리
놀라
익사했다는 전설도 남아 있지요

사막 속의 꿈

흩어져 모두
흩어져버리렴
들쭉날쭉 고르지 못한 세상
등짐으로 나르던
잡부의 땀과 꿈과
미모초의 촉각처럼 오그라들던
1그램의 말이며, 모두
불활성 공기로나

이를테면
추가 왔다갔다하는 만큼
모래는 살아 있다고 해
구태여
바람을 청하지 않더라도
흩어지는 것들이 바람을 일으켜
바람은
제 무게도 못 되는 부스러기나 세고 있어
더이상 모래는
어쩌지 못하고

세공이 서슬 퍼런 금줄을 짜고
죽은 벽돌들을 치장하지만
낙타의 혹에 불을 켤 수 있을까

기력을 다 소모하고 나면
꽃들은 각질화되어
모래만큼이나
눈부신 빛을 발할까

풀리지 않는 시

어둠을 뒤로한 빛은
돌아오는 법 모른다
헐거워진 나사를 조이며 또는
풀면서
풀리지 않는 것들을 본다

빛도 풀리고
바람도 풀리고
내리는 비 흐르는 물소리
두루 풀리고
희망 혹은 위안 따윈
아주 조금씩,
궁상떨며,
풀리기는 결국
풀리건만

사철 바람으로 흔들려도 풀리지 않는
매듭 같은 것
나뭇가지에 걸어둔
햇빛 같은 사랑과
간혹
확인되는 우리의
떨어져 있음

정전

빈 강의 바람처럼 떠돌다
돌아와
길길이 누인 잡꿈들
철이 없어서
강을 일으키고 있었다

명상보다 먼저 일어나는, 누구일까
근원도 모르는 목소리들이
출렁이고
그으른 안식으로부터 깨어나 바람은
구면인 체하지만

깨어 있는 것들이 어디
바람 소리, 출렁이는 그을음뿐이랴

깨어 있는 것들은 깨어서 흔들리고
깨어 있지도 않은 것들이
모든 일어나는 것 속으로 어울려
삭아들고, 떠나가고 있었다
서둘러 다들
떠나고 난 빈 연기 속으로
연기처럼 지쳐
돌아와 눕는 사랑스러운
잡꿈의 허물들

망가지는 것들을 위하여

바다는 오직 부서져서
오므라들어 확실한
바다가 되고
이제 나는 투망에 걸린 물고기

하늘 같고
해 같고
꽃 같던 기쁨

깨어지고,
부서지고,
가루가 되고,
흩어지고,
아무리 좁혀도 나의 잠은
저 강가에 닿지 못한다

아아,
아예 한발 물러서서 바라보면
나는 녹슨 동경(銅鏡)으로 걸려 있고
먼지를 떨면 쇳소리도 난다
풀무 속에서
빠져나오지 못한 불씨, 잠생하던
불꽃을 헤아려본들

접수될 수 있을까 설마
조각나 떠다니는 공연한
희망사항

추억처럼 나의 자유는

내가 아직 들풀이었을 때
벌판은 쏟아져 강으로 흐르고,
흘러서 나의 자유는
탓할 것 없었네

철든 바람과도 입맞추고
목화처럼 번져,
하늘이 강물로 풀려서,
흘러서 돌아오는 강가에 서서
나의 자유는
오랑캐꽃

미나리아재비
민들레 씨앗으로 날아오르던
내 살점의 꽃들

예감하는
소금기로도 남아 있었다

안개여 안개여

매일 밤 나는
19세기 영화를 보러 나와
자막 지우듯 눈알 굴리며 잠시
세상 구경 나와,

수증기로 얼굴 닦은 사람들이
달라진 세상 도무지 낯설지도 않아
삐걱거리지 않고
흐르는 물처럼 흐르고
명찰보다 더 번뜩이는 눈빛으로
수초(水草) 거느리고 다가오는 게 보이는군

길 떠나온 자 길에서 만나고
바람 떠나온 자 바람과 만나는데
우리 지나온 물푸레나무 숲은
다시 하나가 되었구나

그런 날 밤 나는 꼭 주소 불명의
편지를 쓴다
눈도 귀도 잃어버린
맨 몸통만의 토르소여

부재

뿌리들이 추락한다 추락하면서
당신의 뼈들을 부수고
이 세상 불의 말씀도 부순다
부수고는
잘 닦인 문장(文杖) 달고
안절부절못하며 공지로 흐르고 있다

흐르다가 닿을까
어느 선착장에서 그물이라도 깁고
폐선의 고물에라도 닿아 더러는
담을 쌓고 더러는 거처를 마련할까

흘러서 돌아오는 법을 터득할 수 있을까
불씨들이 힘든 말씀을 건네는 안식의
강가에 다다를 수 있을까
다다르나,
우리의 뿌리는 뿔뿔이 흩어져
짜맞출 줄 모른다 모른다

철물점을 지나며

말만 잘하면 거저라도,
뭐든지 달아드릴께요
세워도
자꾸만 기우는
저울대의 무게
통행을 잡아끄는 교태도
피곤기는 못 감추고

역사 따윈 너무 거창하고
채 못 빠져나간 꿈이나
눈물이나
천식이나 뭐든지

나는 희망은 한 홉
절망도 깊어봤자 한푼
다만
녹슮의 무게는 감해줄 일이다

원래 빛이던
순수 무게는 무고하신가요

성년 연습

나는 아직 빛이 아니다
서른 날 서른 밤 가물었으면
흰빛
말라붙은 꿈인들 없으랴만
천식하는 바람
해물의 떨림판을
울리고 간다, 가고
오지 않는다

아직
수부의 잠행 일지는
떠오르지 않았고
쓰러져 일어나지 않는 물풀
푸들거림으로 깨우지 마, 아이야

아이는 아이가 꿈꾸는 만큼
빛을 모으건만
내겐 모아지는
빛이 없구나
어머니 곤한 잠 저 끝
그 꿈 멕인 실타래 푸는 소리,
장터 떠돌다 온 소금 같은
말들이
날아오르는 광경이 보여

날 일으킨다
비울 것 다 비워도
배워지지 않는
햇빛 같은 사랑법

잠과 꿈

꿈은 꿈대로
잠 밖으로 빠져나와
세상일 두루
기웃거리고 다니네요

너덜난 은박의 용기로
잡목의 잠들
쓸어담아 뼈째로 굽다가
따라 걷네요
뒷굽도 못 적시는 우기 속을
타래의 잠 풀며 풀며

드문드문 흐르다 고인
빗줄기 사이로
흘러간 연가로나 펄럭일까
빗줄기보다 더 빨리
바람이
먼저 와 자리잡네요

가라앉고 싶은
비켜섰는 잡목의 잠들
세상일 기웃거리며
선잠을
왜 깨우나요

소리

애무 도중 기침이 나면
민망할 거야

손안에서
빠져나가려는 불꽃이
반란을 꿈꾼다
타일러 보지,
(밤은 완행열차로 흐르고)

나도
그러고 싶지만,
속삭인다고
불꽃에서 뿌리가 자랄까요

십이월의 노래

직진하는 빛의 원리도
예외가 있지
문득 잡아끌던 한 빛,
끌리어
나는
도시와 도시
어둠과 어둠
시간과 시간 속을
싸돌아다녔어

참으로 참한 빛에 이끌려
꽃 같은 사랑,
노래 같은 기도,
직진하는 빛 가운덴
드러나지 않는
나의 자유도 만났어
여태
안녕들 하더군

해가 뜨면 곧 시드는
풀꽃 같은 것들이
다만
손가락 마디를 뚝 뚝
꺾으면서

태연히들 있었어

저문 땅의 행진

저물면 날아오르는
모든 날아가는 것 속으로
잠의 껍질은 날려보내고
얼어붙은 잠 속의 잠을 만날 수 있을까

외투 자락의 바람과
일어나는 마른기침의 펄럭임
일체를 떠나게 해
서둘러 떠나는 시간의 어귀에서
어둠은 어둠을 켜고
빛은 빛으로 깨고 있다

산다는 것이 획 한 점 찍는 거라면
우리는 누구나 확인주의자
바다가 주문을 외면
나는 암호로 응답하리라

세상 뒤척이는 소리
풀포기 일어나는 소리
자, 다시금 타오를 불의 뜨거움 따위
헛되이 확인하다 잠들지 못하는 바다를
섬으로 떠돌다 오는 꿈들의 회귀를 위해
흘러라 다들
흐르게 해

타는 모든 것
모든 썩는 것
건질 것 다 건져내
가자
어둠 없어도 빛나는
별이 타는

암호 풀이

안개 낀 날, 한 마리
콩새가 날아들다
나뭇가지에 금이 갔다

안개 탓이야
대낮 암호질이라니
잘못 배달된 편지 한 장
대문 안쪽에 떨어져 있었다

뒷굽 하나론 세상 살기 힘들다던
사내가 문 닫고
구두끈을 풀고 있다
암호, 암호를 풀고 있다

갈아끼운 새 굽은 날아가고
편지는 젖고 있었다

꽃

해처럼 떴다 지는
꽃들이
뜀박질로
나의 창을 넘어온다
아침도 밤도 가리지 않는다
양초 녹여
겨드랑이에 날개 달고
넘어와선
떨어져 죽는다

우기(雨期) 속에서

쓴맛 단맛 다 겪었지
참 먼길이었어

먼바다
건너와 자리잡는
근시의 새벽
축 처져 아주 축 처진 얼굴로
당신은 오고 있다

씨 뿌리며
선명한 지문 남기며
지구의 가장자리 돌아 지금은
저마다 삐걱이는 미열 앓는 중
당신은 또
어디로 떠나려는가

안경알 닦고 나면 세상이 좀 밝아질까
눈물이야 투명해서
비 뿌리는 하늘 빈 들
맨발로 가고 있는 당신을 본다
한 장 하늘이 내려와
온종일 사투리로 우는구나

동화

성깔 없이 눈 내리는 날
지붕 위로 날리던 이야기들이
엄마의 눈길 속으로 들어와
네 눈을 들여다보고 있었지
외톨이 된 이야기 하나
눈을 비벼 손을 씻다가, 바삐
뒤미처 와 자리잡는다
엄마의 눈길 속에도 눈이 내리고
네게도 눈이 내리고
내려서 쌓이고 있었지

눈은 소리가 없어
수수깡 소리로 뛰는
네 맥박 소리를 들을 수 있었다
눈이 내리는 동안은

밤배 위에서

—수부 일지

깨어나거라
집어등 불빛 속의 잠,
글자로 적힌 생애의 잠 속에서
하나둘
깨어나 잠겨라

어둠은 추상으로 흐르고
물살이야 본디부터 흐르고
흐르는 것들 속으로
말미잘의 게으름도 흐르고 있다

수부의 긴 잠 속
눌어붙은 해파리의 해진 발들이
시퍼런 빛들을 붙잡고
놓지 않는다

뼈는 뼈끼리
살이 붙기를 꿈꾸고
말은 말끼리
셈 끝낸 부스러기를 나누고 있다

모든 흐르는 것이
수부의 닳은 일지를
생애의 한 꿈을

잠겨 흐르게 할 수 있을까

불의 꿈

눈먼 세상
휘젓고 나와
불의 꿈 타고 또 타올라도
아예 눈뜨지 말라
아직은 한낮
깜깜한 빛뿐이다

솔방울의 마른 껍질이나 어루만지며
빈 사발이나 비우며

위장한 바람을 거느리고 와
귀라도 열라 한다
쉰 목소리로
귀도 열지를 말라
그래 소리는 있었구나
내 안에 잠들고 있었구나

깜깜한 빛 속
막힌 사각의 네 귀에 숨어
녹슨 칼날을 갈고 있었구나
아직은
무채색의 내 살뿐
눈을 뜰 때가 아니다

빛살의 나라

강가에 살았었지요
여기선 잠이 안 와요
참 눈부신 바람들이
나를 키웠어요

하늘로 난 뿌리는
얼쑤얼쑤 신명난 바람
사닥다리 타고
빛 몰리는 나라로 가요
댓잎 헤젓는 소리
콩밭의 콩꽃
텃밭의 텃새 잠 깨우고

거기선
빛살 크는 소리도 들려요

생장 연습

어디서
불면의 바람이
풀풀 쓸리고 있다
밤새
치통 앓던 이로
살아나는 어둠 속
불면의 바람이 쓸리고 있다

문 닫고 돌아서면
시리도록
가슴 저려오는
아, 만리 밖 어둠아

재로도 남지 않는
목탄의 연기 속을
질퍽이는 꿈속을
우장도 없이
나는
어디를 가는가

만리 밖 어둠이
신화를 번역하던 잠 위로
쏟아지기 전
우리는

또하나
산 까투리 작은 깃 비벼대며
찬물로 흘러야 한다

어둠의 가지 끝에
가지 치는 새살
가슴에 돋아나는
풀뿌리 같은 새살을 위하여
우리는
또하나
저문 강, 그 어둠의 너비를
작은 물풀로
건너야만 한다

칸나를 위하여

목숨이야
한낱 답답함일 뿐

출렁이는 살 속마다
피를 모아뒀었지
바람의 성긴 결, 그만한 접촉마저
숨가빠지는 진홍

들여다보면
정맥의 푸른 줄기 사이로
섬 한 채
목숨처럼 떠다니고 있다

파도가

샛바람 불어오는 곳에서
빗질하던
놀빛이었다가

어디를 둘러보나
퍼득이던
퍼득거리며 몰려가던 날개들
날갯짓의 소리였다가

열병 앓는
도심의 하오 두시 가로지르는
한 무리 갈채였네

파도 속에 잠긴 햇살이었다가
햇살 속에 잠긴 파도였다가

물결따라 옆으로 눕는
발자국따라 고동은
기쁨처럼 밀려왔다
밀려가버렸다

그대, 쓰러져야 비로소
살아나는
눈부신 치부여

당포의 아이들

바람이란 바람이나
빛이란 빛 다 부질없어
모래로나 쓸리고 싶어라

물간 오징어 껍질 벗겨놓은 가난
한 켤레
손바닥 위에 올려놓고

당포의 아이들
모래집을 다시 허물고 있었다
소금 핀 얼굴들이
불끈불끈 일어나 부질없다,
웃어버린다

헛된 바람으로 품어 담은
빈 잠의 뒤쪽
부끄러워 서성이다가
나는
당포의 모래로나 쓸리고 싶어라

씻기고 씻겨서
닳아빠진
마르고 말라붙어
빈

해물의 껍질도 빛이
있건만

제주 바다는

바람 먹고는 못 살지

무능한 바람이
바다들을 일으키고
건지는 건
한 광주리 젖은 생활과
젖은 젖가슴뿐

가슴으로 앓는 휘파람 날리고
물가에 두고 온 조바심은 안녕하신가

숨차서 더욱 깊은
생활의 뼛속

다섯 개의 시린 발가락이
물갈퀴를 달고 산다
겨울
제주 바다는

새

둥지 끝의 새벽을 묻히고 온다

며칠째 허리 틀던
나뭇가지마다
금빛 깃을 걸어놓고

간혹 피리 소리 같은 울음으로
길을 놓다가
점 하나 찍어놓고
날아가버렸다
빛나는 포물선 끝에 흔들리는
시간의 얼굴

잘려나간
연줄의 끝으로부터
내 유년기는
다시
길을 놓고 있다

서 부두에서

직진하던 물소리
납의 입자들로 흩어져내린다
떠오르지 않는다
건져올린
스물네 해의 머리칼 머리칼이
잘라져나가고 있다

스물네 해 간수했던
눈물도
구겨져,
풀려 흐르는 법 없다

돌아누운 해물들 일어나는 소리
아직
들리지 않고
손 넣어보면 텅 빈
어둠일 뿐

어떡하나
밀려왔다 가고
오지 않는 저녁 물소리
돌아서면
번쩍이는 나이프가
가르고 섰다

노을의 끝

빈 들을 보아라 아가야
네 종이배의 항로는
풀뿌리 사이를 물뱀처럼 달려와
흥정 없는 사랑으로
비늘로 빛나고 있다

파도

종일 페달 밟는 꿈을 꿔요
일어나는 빛과 파도
돌담 부수고
벌판으로 넘쳐 달리는 소리는,
화살처럼

화살처럼 달려도
비롯되는 새벽은 못 만나고

파도는
두려워하는 자끼리만
관계를 가지는가봐

숲의 소리들

귀를 열면,
길을 트며
넘쳐나며
다가오는 소리가 들린다
노래하며
무너지면서

좋구나, 쏟아지는
노래와 노래들의 소음과
투정과
무너지는 것 모두
싱싱한 소나기는 말할 것 없고
헐벗어 곤두서는
신경조직들도 찬란한 빛으로

음란한 여자의 정욕은
풀잎마다 파닥이는
생기로 돋아나 시들지만
부서지고
무너지는 소리들
나날이
무성한 노래로 굽이치고 있다

안개

귓불 하나
떨어져나간다

끝 잘린 혈관에서
드러나는
행로
누가 길 떠나고 있음이야
드디어 살아나는 이 통증은
새살 일어나는
과꽃 같은 잠 속을
안개 속을

가도 가도 빈 안개
속에서
잘려나간 귓불, 깨어나
날아오르며
흩어지고 있었다

예감

대숲 베어낸 깊은 부재들은
못 건지고
구멍의 언저리에서
퉁소 소리 내던 햇살 꺼지고 난 뒤
잠든 이의 잠
잠의 뿌리 건드리고 오는,
무엇인가
저문 강 건너와 뒤척이는
빛줄기
눈먼 꽃
보채는 저 소리는

가문 내 손금들
위로
흐르다가
송곳니의 신경성 울림으로
떠오르는 눈먼 새
어느 날
떨어져나간 내 살점 위를
날고 있네

수부의 잠

키득거리며
빛살은 지느러미를 치며,
재촉하며
시간은
요령 흔들며 앞서가고 있다

파동의 가장 긴 파장 뒤로
몸 숨기는
잠들의 행렬

빛은 빛을 따라와
제 투명도만큼 밝히고
리듬은 리듬끼리
숨쉬건만
넘나들 수 없는
축제의 이편과
저편

눈썹 밑에 잔을 대면
야윈 잠이 고여 비칠까
잔 속을
빈 꽃상여가 떠다니고 있다

동전

생기긴 달처럼
쳐다볼 창문 하나 없구나
세월이
곁눈질하며 빠져나간 뒤
구멍은 다시 메워버렸지
늘
날고 싶어하던
나의 분신은
한 닢의 무게로나
남아
낡고 있다
거슬러 받은 잠들

만져보면 아직
체온이 남아 있는가

혼선

"내 머리칼은 선명한 투망이어요
긴급히 전보를 쳐주세요 몇번째 선이냐구요
어젯밤 꿈의 영수증을 지불하라구요
아아 아직도 접촉 불량이군요"

전화망을 통해 푸득푸득 일어나는
혼선 속
잘려나간 퓨즈의 전깃줄에서도 소리가 흐르고 있다
새총보다 빨리 관통하는
밝은 불빛의 사슬고리들

진공의 빛 속에 버티고 아직 지급을 못 받는
꿈의 영수증
전동선 사슬고리들의
전력 소모는 계속됨
사람들은 히쭉히쭉 창자를 드러내고
미지불의 희망을 부르고 있다

수상에선 오로지 수중 지역과만 통화되고
육상에선 땅의 정맥들만 통과할 줄 안다

"여보세요, 태양의 온도가 엄청나다구요?
적도 지대에선 꿈도, 송신기도 단절된다구요?"
수화기를 든 손가락 새로 화상의 잿덩이가

한줌 새어 나오며 우리
언어의 그룹이 새어나왔다
아직도 섬과의 송신은 불확실하고
단락점이 불분명한 말들
수신기는 연결된다

1977년의 그 여름

살 위에 머무는
햇살의 동그라미
빈
동그라미 속에
미납으로 온 편지가
변명조차 못하고
하루
석 잔씩 물이나 켜면서

갈증이야 좀 가실지 몰라
이야기는 모아봐도 이슬에 낀
먼지처럼

쓰러져도
날 누일 자리 하나 없었다.

소나무밭에서 만난 은둔자

그는 서릿발 같은
솔잎을,
솔잎 같은 우울을 쓸며
난청의 바람들
불러들이고 있었다

쓸어담아봐도
일상은
묵시의 흉내나 흔들어 깨우고,

번져오는 생솔가지 위에서
새들은 바람 갉는 소리를 내고 있다
다시 귀를 닫으면
불티처럼
튀어오르는 바람 소리들

뜨거운 이 솔잎들
다 쓸고 나면
묵은가지들 사이 헤치고
다가올까, 나의 순수는
무명 같은 흰 얼굴 하고
내 귀를 두드릴까

고향

비워낸 찻잔 속엔
하늘이 들어 있다
강줄기는
고향으로 흐르고
나는
변죽이나 핥으면서
조각난 사랑을
짜맞춘다

왼손으로 찻잔 들고
걷어내는 시간의
지표마다
선율은 되살아나
빈 찻잔을 맴돈다

흙냄새
개펄 냄새 나는
한낮의 사치 위를
굽이굽이
지우며 흐르는, 아아
향기로운
차나 한잔

산조

바람이 돌아왔다
돌아서 가는 어귀로
가 서면
살아 있지도 않은 것들이
흔들리며
안녕한 나의 방을 흔든다

흔들리며
두리번거리며
쿨룩이면서
불타는 배가 항구를 떠나고
백골 같은 꽃병이
우뚝 서
눈물도 안 비치고 있다

흔들리는 것은
바람과,
파도와,
안개와,
우리의 불면

빛 속에서

누구인가
나뭇가지에 걸어둔
동그라미를 낚아채고 있다
거기에서 비롯되는
눈부신 햇빛과 그
소리 없음의 광휘로 하여
그만 지쳐버린 나의 정원

나이 잊은 바람이
습기의 감촉으로 깔리고
빛 속에서도
부끄럽지 않던 나의 본능은
접시나 닦고 있었다

생활의 노래야 빛살인 양
창을 투과하고
감상처럼 이슬로도
맺혔었지
그땐 슬픔도 꽃 무더기
찬란한 날빛이었다

다시 빛 속에 서면
여위고 여윈
나의 본능은

꽃잎들은 시들어
흐득이고 있다.
매장의 의식을 치르고 있다
—빛 속으로.

갈밭에 내리는 사랑의 아침

마른 꽃술들이 바숴진다
입덧일까
어둠의 한끝에서
유서 깊은 인식이 눈뜨고 있다

목숨은 그저 그렇고
바숴져 날리는 꽃술들
어디로 가
상강의 아침으로나
내리렴

불티로 쏟아지던
해와 달
또 바람 소리도 있었다
전해지는 이 갈밭
인식은 눈떠
푸득이는, 날으려는 새처럼

일어서는 아침의
마른 바람 끝에서
서성거리는, 빈
도깨비불처럼

심지 뽑기

기다려 넘어서지 마 잠의 밑둥까지 뽑아버려
따순 별섬 건너와
한계 수위를 삼켜버린 모반의 정원
푸른 가시들의 자리 쟁탈전이 벌어졌다
밤새 뿔 달린 장미 가시 앞세워
우리가 내세울 것은 기껏
아무런 힘도 없는 푸른 철망뿐이기에

두 팔을 벌려봐 쇠창살 부수며 휘몰려온
붉은 혓바닥 밀어봐
성한 목젖 탱탱 울리는 것
우리의 철 지난 두레박 올리기 혹은
유행 곡조의 리듬

—뛰어넘자 뛰어넘어
꽃씨 삼킨 헬리 수백 광년 돌아와
차단된 인광의 회로 돌고 돌아
모든 불꽃의 심지는 뽑아버려

한참을 머리 풀고
갈고리를 흙의 바다에 밀어봐도
햇볕만큼 멀리 간 우리
의문부의 종적은 찾을 수 없어

바다 앞에서

불현듯
악수를 청하는 그대
손의 의미는 몰라도 그만
해후와 작별은 모두
무방하다

다만 가슴 후두기는
소나기 한 소절
소요하는 물꽃의 갈채
갈채받는 바다 물꽃
때로는 유행가 한 소절도 구원처럼
눈부시다

열두엇 음계를 넘지 않는
한낮의 건반음
불필요한 악보의 장(章)
한 옥타브를 높인다

그대여
햇무리
가득 출렁거려도
내 눈은 아직도
내가 차지 않는다

항아리

달의 심장에는
보석이 머문다
항시
모시로 닦아내던
어머니,
청잣빛 목마름이 박혀 있다

저승을 감돌아와
숨찬
사흘 낮
사흘 밤이 쉬고 있다

빙하의 나라

그후, 시월의 목요일에, 전갈의 신화를 신봉하던
사람들은 혈장이 뚝딱 멈추는 소리를 들었지
알록달록 꽃 수술 켠 깨꽃, 깨꽃은
약속의 위안도 없어 통째로 균형 잃은 우리의
심장을 지켜줬어

이월에서 일월 사이를 오가는
빙하의 나라에선
혜성이 굴절하고,
까무러치고
뻐투성이 거리에
포충망으로 곤충을 포획하듯
포획된 사랑 하나
눈까풀 적시며 킬킬거리고 사랑니도 살살 뽑히고

그런데, 빙하의 나라에서
잠들거나 깨어 있는 자들은
흔들의자 위를 좋아해
겨드랑이에 손을 끼고 보는 세상은
온갖 것 흔들리는 그림자로 보이데

속이는 재주꾼의 한갓 익살도
게으른 나라의 약속의 위안만은 못하지
일식날 하늘을 보면, 세상은

그득그득 그대의 눈썹으로 발을 치고
전파를 울리고 있고
살아 있지 못하는 있음과
살아 있는 없음 사이의 별리가 보인다

바람 속의 잠

서해의 끝에서 왔음이야
미친 여자의 머리채 사이로
얼핏 엿본
아가와
잠의 뿌리들

스물네 해의
방종들은
둥근 운동장에 엎드려
기죽어 있다

날다가
무리 지어 잠은
잠들 위로 내려앉아 결코
방자해지지 않는다
날개 쉬어갈 뿐

교래리 해발 4백 미터
성대 큰 부족은
바람으로 살아나 으르렁거린다

바람은 펴내고 또
펴내어도
바람일 뿐

바람으로 큰 제주 산 너도밤나무 숲
흔들고 떠나간 날, 바람도
은밀한 잠의 뿌리는 어쩌지 못하고
할머니의 할머니의
숲의 전설들이
다시 일어나
아가를 키운다

언 땅과 살과
언 땅의 뼈
잡목들이
부딪는 소리를 내고 있다

소금

바다도 절였던 큰 능력이
찬거리나 절이고 있다
저잣거리 침침한 층계에선
저승꽃 손금의
여자들의 축제가 벌어지고

모래처럼 빛나는 웃음들 사이로
간혹 남은 소금기로
나는 늘 둥둥 떠다니는
부표의 잠

의혹의 바다에서 채어올리는 것
어부와 여자들이 훌훌 버리고 간 것
그 허망 위로
남들이 연습 삼아 버린
눈물로 혹은 연기로 뿌려진다

나의 잠은
비린내 젖은 저자 바닥의
꽃게가 되어
가로로 가로로 웃고 있다

양단 난 고막들이
환청일까

잉잉거리고 있다

풀잎이 풀잎에게

비로소
눈뜨고 싶어요
날 흔들어 깨우는 건
무엇인가요
하늘은 얼마나 내 가까이
있나요, 통화할 수 있나요

빗소리 걸러내
소리만
저장했다가 물어요
"옷이나 껴입었나요?"
옷이 존재일까요

바람과 안개도
위안인가요
풀잎이 풀잎에게 또
묻지요
나는 나무인가요
"가릴 건 가려졌나요?"

문학동네포에지 053

추억처럼 나의 자유는

초판 인쇄 2022년 9월 23일
초판 발행 2022년 10월 3일

지은이 — 허영선
책임편집 — 김동휘
편집 — 김민정 유성원 권현승
표지 디자인 — 이기준 최윤미
본문 디자인 — 이원경
마케팅 — 정민호 이숙재 김도윤 한민아 정진아 이민경 우상욱
정유선 김수인
브랜딩 — 함유지 함근아 김희숙 고보미 박민재 박진희 정승민
제작 — 강신은 김동욱 임현식
제작처 — 영신사

펴낸곳 — (주)문학동네
펴낸이 — 김소영
출판등록 — 1993년 10월 22일 제2003-000045호
주소 — 10881 경기도 파주시 회동길 210
전자우편 — editor@munhak.com
대표전화 — 031-955-8888 / 팩스 — 031-955-8855
문의전화 — 031-955-2696(마케팅), 031-955-8875(편집)
문학동네카페 — http://cafe.naver.com/mhdn
인스타그램 — @munhakdongne / 트위터 — @munhakdongne
북클럽문학동네 — http://bookclubmunhak.com

ISBN 978-89-546-8893-2 03810

- 잘못된 책은 구입하신 서점에서 교환해드립니다.
기타 교환 문의 : 031-955-2661, 3580

www.munhak.com

문학동네